별을 담은 그릇, 나를 닮은 그리움

별을 담은 그릇, 나를 닮은 그리움

초판 1쇄 인쇄일 2023년 03월 24일
초판 1쇄 발행일 2023년 03월 30일

지은이 손호규
펴낸이 양옥매
디자인 표지혜 박예은
마케팅 송용호
교   정 조준경

펴낸곳 도서출판 책과나무
출판등록 제2012-000376
주소 서울특별시 마포구 방울내로 79 이노빌딩 302호
대표전화 02.372.1537   **팩스** 02.372.1538
이메일 booknamu2007@naver.com
홈페이지 www.booknamu.com
ISBN 979-11-6752-281-8 〔03810〕

별을 담은 그릇, 나를 닮은 그리움

손 호 규 지음

책과나무

나도 춤이 될 수 있을까?
팔랑거리는 나비들에게 물어봅니다

들판에 아지랑이가 제 멋에 피어나면
새들도 소풍을 나오겠지요

바람이 불어야 흥이 되는 것을
풀과 나무들에게 듣게 되었습니다

흙으로 빚은 일상들은
시가 되었습니다

틈 사이로 틀을 깨고 나오는 꽃처럼
우리들에게 느껴지는 계절도

즐거운 봄도
그랬으면 좋겠습니다

차례

1부 석양 - 그 행복했었던 아침의 시

2부 그대 - 별을 보고 있나요

석양

– 그 행복했었던 아침의 시

허공에 타올랐던 위험한 고독은
끝내 가슴 저미는 노을이 되었습니다

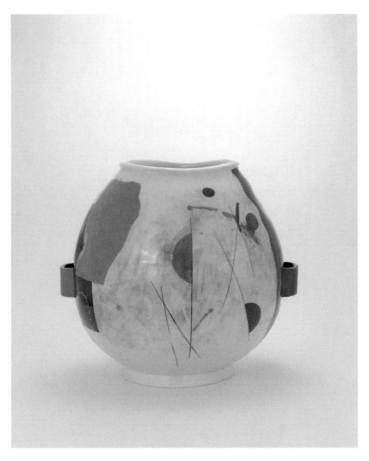

별을 보다 43×45cm

별을 담은 그릇, 나를 닮은 그리움

석양

오래된 시계처럼 힘이 풀리고
마디마디 흔들리는 얼굴
밤에 잠긴 입술은 말을 못해도
붉게 물든 영혼은 구름에 흘러갑니다

차가운 바닥에서 깨어나
파란 하늘 위에서 뜨거웠던 이름이여
눈을 감고 고개를 숙인
아름다운 날이여

행복했던 아침의 시는
이제, 어둠 속에 티끌로 사라집니다
허공에 타올랐던 위험한 고독은
끝내 가슴 저미는 노을이 되었습니다

도시의 밤

길가에 가로등이
지는 해를 먹어 버렸네
석양은 더 이상 아름답지 않아
불빛들이 화장을 하고
깜박거리네
간판에 글씨는 시보다 더 크게 깨어 있어
어둠을 밀어내지 않아도 문이 열리네
어서 오세요
여전히 바쁜 경적 소리
기필코 여운을 남기고 사라지는
엔진 소리

쉬운 이별

백화점 앞 벤치에 앉아서
아주 익숙해진 이별들을 만났습니다

하루 종일 브랜드 앞을 맴돌던
에스컬레이터처럼
회전문에서 빠져나온 발길들이여

어디서 왔는지 몰라도
옷깃을 세우고 서성이다가
빌딩 모퉁이를 돌아 나가는 밤바람이여
차가워진 보도블록이여

오늘 이 순간에도
감사한
지금이여

청춘

저 멀리 별들은 반짝거리는데
골목에 가로등은 우울한 얼굴이 되었습니다

새로웠던 다짐은 젖은 풀잎처럼 쓰러지고
뒹구는 낙엽은 갈 길을 잃었습니다

삶이 쉽게 살아지는 것은 아니겠지만
이렇게 될 줄도 몰랐습니다

모든 사람들은 끝내 벽을 스치며 지나갔지만
가엾은 청춘만이 뭔가에 갇혀 버렸습니다

아이들이 놀고 간 빈 놀이터에서
검은 고양이처럼
깊은 밤에 외롭습니다

저금통장

백합에 물든 황금빛 노을처럼
통장 표지는 속장보다 두껍고 부드럽다

알뜰한 숫자들은 어둠 속에 접혀진 채
쉽지 않은 고뇌의 시간을 보내고 있겠지

둘러댈 수 없는 그들의 위력 앞에서
삶의 계획들은 언제나 예측을 빗겨 나간다

말없이 들어왔다 돌아 나간 시간들이
새겨져 있을 뿐
황홀한 만남 뒤에 애틋한 이별도 모두 거짓이어라

펼쳐 보면, 부디 날개가 되어야 하거늘
자유롭게 훨훨

판도라의 상자처럼 희망은
언제나 그 속에만 머물러 있는가?

별을 담은 그릇, 나를 닮은 그리움

생활 11×40,14×53cm

조약돌

주먹만 한 인생
둥글게도 흘렀네
모난 살이 다 닳도록 힘이 든 고요
얼룩진 상처가 이렇게 예쁠 줄이야
나는 네 옆에, 너는 내 옆에
강가에 연인처럼 앉아
굳은 마음 모래알 될 때까지
흔들리는 꽃보다
돌이 되었네
흐르는 강물이 그랬을까?
부는 바람이 그랬을까?
우리들의 몸에 굴곡을 만들고
하늘을 향해 떠나갔을까?
창백한 얼굴
가엾다 해도
너와 나는 이 아름다운 세상에 머물렀던
작은 별이었음을

조약돌을 닮은 꽃병 12×14, 13×19cm

구절초

사랑은 가고
꽃은 져,
어머님의 봄도 더 이상 오지 않아요
아름다웠던 날들이 꿈처럼 사무쳤나니
맑은 민트빛 가을 하늘에 홀연히 남겨진 이별이여
미치도록 그리운 사람들이 눈물이 되어 흐르는 것은
아직도 내게 남겨진 시간들을
슬픈 계절로 살아야 하기 때문일까요?
오늘은 그대 그리워 꽃이 되어도
바람에 날리는 구절초
눈물의 하얀 꽃인가 봅니다

구절초 그림의 그릇들 20×9, 23×11cm

사랑 하나 있어

다음 생에서도 사랑하련다
죽어서도 놓기 싫은
사랑 하나 있기 때문에
살아 있는 동안 열심히
사랑의 말에 귀를 기울이고
사랑의 작은 동작들을 기꺼이 살피련다
그리하여 덧없는 죽음 뒤로
다음 생이 찾아와도
슬펐지만 따뜻했던 기억들
이처럼 사랑하기에 애달지 않으리

별을 담은 그릇, 나를 닮은 그리움

간소하게

복잡한 것들의 혁명이
바로 간소함이다
노래를 부르자
키를 맞추고
줄 6개의 음과
한 줄 한 줄의 음을 또 세분해서 나눈 마디마디
도레미파솔라시도에서 보통 한 옥타브 더
기타에서 울리는 음색에서
내 목소리까지, 그렇게 곱해져 있는
이 복잡한 세계에서
몇 가지 박자들에 의해 자유를 느끼고
단순한 패턴의 음으로 평화가 흘러나오게 하는 것은
정말 위대한 혁명이다

버림의 미학

손을 꼭 잡고
집을 나오기 전만 해도
우리는
최선을 다해 선택한 인생이었다
너와 나 처음 만났을 때의 기억이 분명한데
군데군데 속살까지 보이면서 많은 시간들을 함께 보냈는데
좋아하는 것만으로는 버티기 힘든 삶은
세상 한 모퉁이에 수거함이 있는 풍경을 만들어 놓았다
쉽게 변해 가는 세상에서
더 빨리 변하지 못한 죄,
그래, 너의 죄질? 아니 너의 재질은 이거였어
새롭게 다시 태어난다면 또 만날 수 있을 거야
삶의 모습이
그리 향기롭지 못한
이 애매한 곳에
너를 내려놓는다

별을 담은 그릇, 나를 닮은 그리움

하나는

하나뿐이라면
단 하나뿐이라면
둘은 존재하지 않기 때문에
그 하나가
시작이고 끝이다

하나에서
하나는
'모두' 또는 '다'이기 때문에
하나 이상의 가치다

하나는
'많다', '적다'가 아닌
'있다', '없다'로만 나누어지기 때문에
절대 고독이며
둘의 기회를 가질 수 없는

가장 큰 절망이며
가장 큰 환희다

둘이 될 수 없는
하나는
그 속에서
강하고 부드럽고 밝고 어두운 것을
고루 겸비해야 하기 때문에
다른 무엇보다
완벽에 더 가깝다

하나가
둘 이상의 조화를 그리워하는 것은
그것이 새로운 하나의 또 다른 시작이기 때문이다
그래서 하나는 자신이 가질 수 없는
'서로'와 '들'을 사랑한다

둘과 셋은 하나의 절박함을 모르고
셋에서 열까지는 아무리 하나를 버려도
하나가 될 수 없다

별을 담은 그릇, 나를 닮은 그리움

하나는
최상의 단계에 이미 올라가 있는
완성된 개념이다
둘에서 열까지 합한 것보다
더 큰 의미다

시선과 사랑 55×80cm

사람과 사랑

삶은 사람의 준말이라고 하고
그림은 그리움이 그려지는 것이라고 합니다
아하고 어는 달라야 하겠지만
너는 나의 거울이란 말은
서로에게 좋은 본이 되라는 교훈이겠죠
법 없이도 살 사람들에게
정말 법이 없다면 끔찍한 세상이 됩니다
시를 짓다가도 가끔은 누렁이처럼
짖어야 할 때가 생긴다는 것을 알게 되었습니다
지음의 용기가 짖음이 되어서는 안 되겠지만
짖어야 할 때 인내는 비겁인 것 같아서요
공이 구르다 멈추면 운도 되겠지만
다시 찼다가는 도로 공이 될 수도 있습니다
바닥은 아래에만 있지 않아요
손바닥을 보면 늘 뜨거운 가슴을 안고
하늘을 향해 있어요

사람은 모난 부분이 없어져야 사랑이 됩니다
갚지 않아도 될 빚을 빚에게 지고 살잖아요

.

.

.

사전에서는
내일이 오늘보다는 앞서 나오니까
준비하세요, 힘들, 아니 시들지라도

별을 담은 그릇, 나를 닮은 그리움

노부

누가 이렇게 될 줄을 알고 살았나
이래저래 살아지더라
어머니 얼굴도 모르고 자라나
왜정시대, 6·25 겪으면서
배우지 못한 게 한이고
선량한 게 죄인지라
세상 물정 몰라
알고도 속고 모르고도 속고
하라면 하고 말라면 마는 거지
사과 장수 막걸리에 시장 노점에서 굴러먹다
봄에는 더덕 캐고 두릅 따서 팔려고
치악산 백운산 골짜구니 안 가 본 데가 없다
겨울철에 휑한 논바닥 깨서 미꾸리 잡아 팔아도 봤지
산판에 노동판에 살다 살다 고생한 거
죽지 않고 늙어서 말하면 알까 들으면 알까
자식 느그들 ,우리 손주들, 이래 볼라 살았는가
이제 와 걱정은 어찌 죽게 될까 하는 거라네

광안리에서

우리가 세상을 향해
떠나온 것처럼
하늘이 또렷하게 맞닿은 곳에서부터
잔잔하게 밀려 나오는 파도는
어둠이 차갑게 내려앉는 광안리 모래밭에서도
아주 경쾌하게
하얀 포말의 꽃들을 피우고 있었다
살아가야 할 이유가 분명한 것만큼
기억하고 싶은 모든 것들이
다 아름다웠으면 좋겠다
사랑하는 사람아
밀물에 바다가 차올라도
내게 영원히 채워지지 않을 그리움
나의 사랑하는 사람아

텃밭에 앉아

텃밭에 앉아서 본다
가지 끝에
음표가 달리고 예쁜 색깔들이 춤을 추는 것을

연분홍색 볼처럼 수줍게 익어 가는 꽃사과
보라색 가지꽃과 노란색 호박꽃
하얀 속살들이 연두색으로 물들어 가는 상추 부추들의 모습
들을
어린 대추나무와 감나무에 달린 것들을…

아! 과실, 성과, 열매, 경쟁의 시장으로
비참하게 끌려갔던 용어들이 이렇게 아름다운 것들이었나?

향긋한 봄을 지녔어도
차가운 콘크리트 사이를 비집고 살아온 인생아!

새벽 텃밭에 핀 꽃들은
이불 속에서 뒤척거리며 읽었던
어느 가난한 노동자의 시만큼이나 위대하다

오랜 시간 침묵 속에 갇혀 있었던 장단과 리듬
땅에 잠긴 뿌리들의 향연
새벽 텃밭의 고요가 노래를 한다

두 팔을 벌리면
새순을 향해 뻗어 나가는 나뭇가지처럼
겨드랑이 사이에서도 새로운 바람이 움튼다
하늘을 날아 볼까?

한때, 파랑색 하늘이 스며든
섬강의 맑은 물속에서도
유유히 작은 물고기들은 새처럼 날고 있지 않았던가?

덜컹거리는 포클레인이 강의 적막을 깨웠지만
우리는 여전히 순수하게 살았노라고

강가에 안개가 피어나고 사라지듯이
액자에 담긴 풍경처럼 나도 한때는 푸르렀나니
하얀 백로의 부리를 적시고 흘러나오는
고적한 물결처럼
나의 노래가 들려올 것이다

노란색은 어떤 음을 닮았을까?
나뭇가지와 잎줄기에 흐르는 흑갈색의 화음
절정에 이르러 꽃을 피우는 초록의 가슴 뭉클한 연주는
차가운 서리가 이마를 적시는 계절을 지나
콘트라베이스의 무거운 소리처럼
첫눈이 하얗게 내리는 날에 끝이 나겠지

텃밭에 앉아서 본다.
열매가 달리면
나뭇가지들은 땅을 향해 휘어지는 것을…

잎에 노을이 물들면
낙엽이 되어 떨어지는 것을…

어린 시절 개울에서 놀았던 추억처럼
흙 속에서 첨벙거리다가
또옥똑 따서,
초록색 풋고추는 오늘 아침 식사에서 먹고
빨갛게 다 익은 고추는 가을볕에 말려서
김장할 때 쓰면 좋으리라

초록

초록은 날개를 펴
잎이 되어도
하늘을 바라보며 바람과 함께 산다

얼마나 착하면 초록이 될까?
얼마나 푸르러야 산소를 내뿜을 수 있을까?

햇빛에 반짝이는 꽃을 피우고
소리 없는 향기가 되어도

허공에 계단을 만들어
열매를 맺노라

별을 담은 그릇, 나를 닮은 그리움

2부

그대
- 별을 보고 있나요

멀어졌다가도 손을 내밀면
이내 가깝게 다가오는 불규칙한 궤도

바이올린 31×31cm

별을 담은 그릇, 나를 닮은 그리움

아름다운 별

아픈 마음, 별을 보고 있나요
어쩌면 저 많은 별들도
당신을 보고 있는 것인지도 모릅니다
그래도, 당신이 더 행복하다고
그래도, 당신이 있는 그곳이 더 좋다고
반짝이는 것은
별을 보는 당신의 눈동자

그래서, 그곳이 더 아름답습니다

눈을 감으면

눈을 감으면
생각 속에 비로소 보이는
가장 아름다운 별
마음
밤하늘을 닮은 작고 아담한 나만의 우주

눈을 감으면
눈 밖의 세상에는 이제 내가 없는데
두 뺨에 흐른 눈물처럼
짧고 뜨거웠던 인생
입가에
환한
꽃 한 송이
나무 한 그루 심었는가

작은 우주

베개 위에 놓인 행성 하나에
눈, 코, 귀, 입, 위성 네 개
저 멀리 아련하게 별빛 물든 손바닥 발바닥
하늘 한가운데서 유난히 반짝거리는 가슴
내면에 꿈틀거리는 심장
은하수처럼 흐르는 붉은 기운

아침이 오면 중력 밖으로 나는 간다

너무너무 큰 우주

인간을 현미경 속 원자라고 하고
같은 비율로 우주의 크기를 줄이면
우주는 너무너무 크기 때문에
의미 없이 그대로,
지구는 보이지 않는 별
인간과 개미는 동격
거친 바람이 불고 큰비라도 오면 어쩌지
부지런한 개미들이 매일같이 새로운 길을 만들고
낙엽 조각들을 나르고 과학을 쏘아 올린다
개미들의 열정만큼이나 커지는 우주

사랑별

알약 하나만 한 크기의 별,
사랑별

아름답게 빛나지는 않지만 몸살을 앓을 때처럼
손바닥 위에 놓고 다가가는 입맞춤
내 몸 깊은 곳까지 들어오더라도
따듯한 포용력을 갖고 인내해야지만 느낄 수 있는 형상

마음에 고운 이름을 새기는 별, 사랑별
그리움을 축으로 공전하는 별
멀어졌다가도 손을 내밀면
이내 가깝게 다가오는 불규칙한 궤도

오늘도
사랑별 한 알에 물 한 모금

별빛 눈물

희망 하나 움켜잡고
지는 노을 뒤로 아름다운 모습

윤동주 시인의 별과
고흐의 별을 함께 기억하는
애달픈 몸짓

암흑의 공간에서
어둠을 닦으며 나를 보던 눈동자

그 반짝거림이 이슬을 타고
수십만 광년에서 떨어진다

결코, 죽음보다 멀리 있지 않은
아련한 빛, 농축된 슬픔이다

당긴다는 것

떨어지는 사과에서 시작된 만류인력
당기고 또 당기면 떨어지는 것이
사과뿐이겠는가, 당기고 또 당기면
상상할 수 없었던 일에도 잔상이 생기고
관찰과 몰입의 경지에서 엄청나게 더 당기면
빛이 휘고 공간이 변하고
시간도 다르게 흐른다는데
물리학과 천문학의 감동
천체망원경에 빛이 당겨지고
결국 인간에게 빨려든 블랙홀의 존재
당긴다는 것, 견딜 수 없는 위력이다

적당한 거리

봄날 따듯한 해변에 누워서
하늘 한가운데 동그란 얼굴에게
인사를 나눈다

너무 가까이 있어도 안 되고
너무 멀리 있어도 안 될 우리 사이,
눈을 찡그린 채 똑바로 쳐다보지 못하고
인사를 하는 것이 마음에 걸리지만
매일 보는 관계이니까
오히려 자연스러운 것이 더 좋을 수가 있지

물론 나와 내 가족, 내 나라를 책임지는
높은 자리에 있으니까
감사한 마음으로 불편하지 않게
적당한 거리를 유지하면서, 안녕

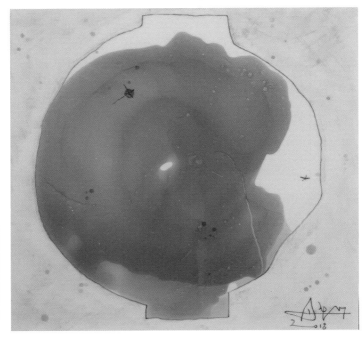

항아리에 담긴 별 37×37cm

별을 담은 그릇, 나를 닮은 그리움

허블 딥 필드*

허블우주망원경에 관측된

시가 될 수 없는 세계

이토록 큰

우주의 한계를 담을 만한 명사가

지구에 있을까

"엄청나게 크다"에서 "크다"를 몇 년을 곱해야

우주의 형용사가 될까

별빛을 따라 진짜 별을 확인하려면

광속보다 더 빠른 동사도 필요한데

감탄사로만 어떻게 시를 쓰지

한평생 깊은 생각이라고 해 봤자

우주의 시간으로는

찰나의 순간에 불과할 뿐인데

---

*허블 딥 필드: 1995년 허블우주망원경을 사용해서 관측했던 북두칠성 근처 별과 별 사이의 어두운 하늘. 대략 2천 개의 은하들이 망원경에 담겨졌고, 그 후 2003년 화로자리에서 허블 울트라 딥 필드로 명명된 관측이 있었는데 별과 별 사이 작고 어두운 공간에서 대략 1만 개의 은하들이 관측되었다.

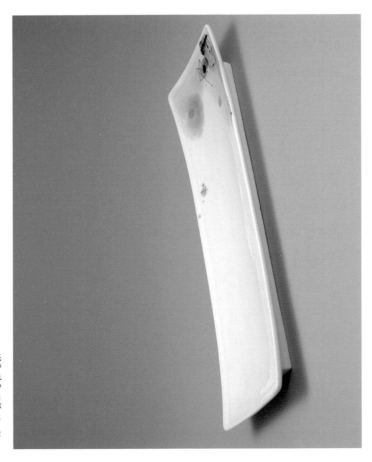

별을 담은 그릇, 나를 닮은 그리움

별똥

지구의 품에
안긴 순간

아주
잠깐

온몸을 다해
태운 인생

동그라미

밝게 떠오른 아침의 해

거울 속에 내 얼굴

길을 향한 핸들

바람 샐 틈 없이 달려야 하는 타이어

점심시간, 식탁 위에 그릇들

벽에 걸렸어도 가는 시계

파이팅 한 주먹

통장에 잔고를 볼 때 숫자 뒤에 동그라미

오늘 하루 수고 많으셨습니다

불을 끄면 졸린 눈동자

별을 담은 그릇, 나를 닮은 그리움

은빛 바퀴

동그란 성품과 우아한 속도
검고 큰 신발의 탄력을 유지하며
부드럽게 달리고 싶은
은빛 바퀴들의 꿈이어라

더 빠른 삶이, 더 바른 삶처럼 달려 나가도
미끄러지지 말고
안전하게
멈춤과 출발의 타이밍을 잘 알고 있는 신호등
그래도 좌우를 잘 살펴야 하는 건널목
언제나 반듯하고 정직한 표지판
길을 찾아 주는 내비게이션

어두운 터널 속에서도 의연하게
높고 긴 다리를 건너서
인생, 고개 하나쯤은 넘어가고 있네

바람

가난한 지붕 위에서

하늘을 흔들어도

곧장, 폭 꺼지는 불꽃이 아니었으므로

너는

항상

스산하다

별을 담은 그릇, 나를 닮은 그리움

봄비

추억과 우정 그리워
작은 화단에 내리지만
꽃잎을 타고
흐르는 것은
너와
내가
위로하지 못하고
살아야 했던
바쁜 세월이었나

빛을 보다 45×48cm

우주의 꽃

인간은
우승자에게 씌워질 월계관
우주의 꽃
우주를 느끼는 생명체가 없으니까
아직까지는 없는 것이니까

별들은
스탠드에서 펼쳐지는 오색 카트섹션
반짝이는 힘찬 응원
패배하지 말라는 하늘의 외침
필승의 열망

지구는
필드 위의 선수, 수많은 별들의 대표
8강, 4강, 결승까지
끝까지 살아남아
금메달을 목에 걸기를

빛을 담은 그릇 22×8cm

별을 담은 그릇

어둠이 빚어낸 그릇에
별을 담는다

저녁 하늘을 붉게 태우면서 구워 냈지만
아침이 오면 금방 사라지고 말
가엾은 어느 도공의 숨결

사랑의 별을 담고
우정의 별을 담고
신념의 별을 담으면

어머님께서 차려 주신 밥처럼
소복하게 쌓여
또 어디론가 흘러가겠지

제1회 경기도세계도자비엔날레 국제공모전 동상 수상작

15c데크놀로지-항아리 50×52cm

3부

흙을 빚으며
– 도공이야기

손바닥 가득 물을 적시고 흙을 돌린다
고마운 우정이나 사상 같은 동심원

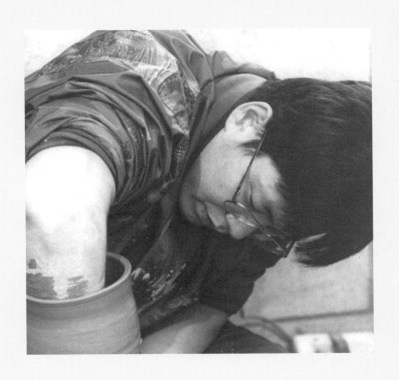

흙을 빚으며

손바닥 가득 물을 적시고 흙을 돌린다
고마운 우정이나 사상 같은 동심원
물레 회전의 꼭 맞는 중심에서
됐다 싶을 정도의 균형을 유지한 뒤 구멍을 뚫고
개질박*과 원심력으로 내 나이만큼 흙을 벌린다
벌어진 흙은 텃밭에 이랑, 다시
손을 넣어 내면의 티끌을 닦는 것은
도자기로 제 속성을 잃어 가는 흙과
흙물이 튄 자국마다 겹겹이 말라붙은 설움을 엿보며
가마 속 불꼬리에 견딜 모양과 두께를 가늠하듯
고단한 세월을 빚음이야, 씨앗을 뿌려
실핏줄 엉켜진 뿌리를 박고
나 자란 땅에 돋은 풀처럼 거친

* 개질박: 도자기를 빚을 때 흙을 늘리거나 벌리면서 울퉁불퉁한 손자국을 편편하게 만들어 주는
  도구.

흙주름을 따라 도는 햇살을 다지며

곧은 줄기로 목을 빼들어 전^{**}을 접어도 좋으리라

** 전: 도자기의 맨 위쪽 나부죽하게 된 부분으로 빚을 때 마지막 공정.

별을 담은 그릇, 나를 닮은 그리움

바람의 흔적이거나

삶도 미완성 작품처럼
드러내지 않는 고요
한평생 젖은 흙을 사랑하다
금 가지 않게
수선거리며 돌아가는 바람의 흔적이거나
뜨거운 사막의 낙타처럼
내 한목숨 등에 지고 걸어가는
작은
미소이거나

어머니

낯선 타지에다 자식을 남겨 놓고
돌아가시는 어머님께서는
애써 눈물을 감추려 하지 않았다
공방에 흙이 얼고 손등이 터져도
흙을 빚고 굽는 배움이란
어린 시절 가난만큼이나 긴 여정

그렇게 도공이 된 지 십수 년이 지나
내가 두 아이를 낳고
사과 팔고 복숭아 팔아 아들놈 딸년 위해 살아오신
어머님의 좌판 위에 내려앉는 어스름처럼
도자기에 녹아 반짝이는 이름을
좋은 항아리나 그릇 같은 곳에 새길는지

별처럼 많은 시간이 흐른 뒤
내 삶에도 흐린 기억이 있어 짧은 언어로

별을 담은 그릇, 나를 닮은 그리움

시를 쓰고 설운 세월을 얘기할 때
도자기에 바칠 수 있었던 꿈과 열정은
어머님의 눈물이었다고
한때는 흙도 찬연한 빛으로 태웠던 열정
어둠에 지치면 덧없이 살라고 또 그렇게 살라고

내 청춘은 젊은 시절 어머님의 눈물과 함께
천이백 고온의 화염 속을 뒹굴다
하얀 포말 같은 재만 남긴 채
녹슨 굴뚝 위에서 연기 되어 사라진다

가마에 불을 지피면

가마에 불을 지피면
밀폐된 그곳은
또 하나
작은 세상,
고운 유약 살붙이 되어
좁은 화염 속을
입술만 한 미소로
뜨거운 가슴을 쓸어내리며 살아왔다

해학과 회화
추상의 무늬와 형태
음각 또는 양각
한 획의 힘,
고독한 칼날과 붓대의 춤으로
수천 년을 이어 온 도공들의 불문율이
그 속에 묻혔으니

별을 담은 그릇, 나를 닮은 그리움

내 삶 또한 분별하지 않으리라

태우고 싶은 것은
가난과 무지
마음 그대로의 시름과 걱정
슬픔처럼
가마 속에 있는 그것이
감당하기 어려운 세상일지라도
이제는
나를 가꾸며 살고 싶다

바람이 불면
흙 향기 날리는
내 몸이
차가운 땅에서 맨발로 딛고
불꽃처럼 타다 식으리라
오랜 세월 빛나는
별처럼
어두운 가마 속에 등살을 어루만지며
빛이 부서지리라

내가 만든 것은
세상의 문이 아니라
들꽃 같은
작은 숨결이었다고
도자기에서 달관된 빛이 느껴질 때
나는 조각난 파편처럼
깨진 상처 위에 있어도 좋으리라

별을 담은 그릇, 나를 닮은 그리움

대나무

비워도 비운 것이 아니라지만

마음이 곧은 너는

비울 게 없어도

꼭 그래야만 하는 것처럼

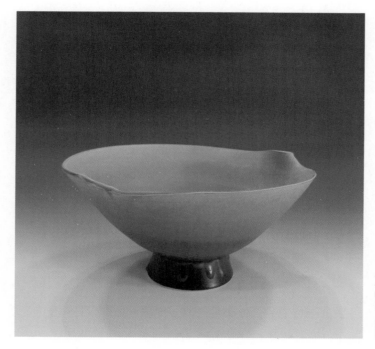

초록 수반 30×18cm

나비처럼

한 점 티끌 같은 목숨이지만
성실한 마음 고운 빛으로
낮에는 해를 닮고 밤에는 별을 닮고
살다 죽으면 이슬이 되어 바람에 날려도
보다 먼 곳을 향해
까불거리는 나비처럼
내 기능은 어디에도 묶이지 마라
허공에 울부짖는 외침이나 메아리
날카로운 발톱이나 부리를
갖추지 못했어도, 나는
자유의 시를 쓰고 흙을 빚으며 살리라

별을 담은 그릇, 나를 닮은 그리움

나비 46×47cm

잠자리

도망가듯
쫓기듯
파닥거리는 날갯짓으로
무슨 그림 그리나

동그라미
세모
네모
파란 하늘을
함께 날고 싶은 마음

잠자리 수반 27×20cm

평범한 기적

가능하면 억지 부리지 말고
남에게 상처 주지 말고
열심히 번 대로, 우선순위대로
먹는 것, 입는 것, 자는 것, 타는 것
학원 한 개씩, 보험 한 개씩
아프기 전에 건강을 챙기는 건
아주 특별한 것 같아서 제외
부모님 용돈, 우리 부부 노후까지
평범하기 위해 세운 비범한 계획들
아무리 계산기를 두들겨 봐도
'평범하게만'이라는 답이 나오질 않는다
평범한 가정에서 태어나
아이들과 함께 자랐으면 하는 기적
밥을 먹을 때도, TV를 볼 때도

낡은 작업복

너 하나만을 의지하며
맨몸뚱이 하나로 들어가 살았다
멋스럽게 외출 한 번 못할 것이
어렸던 나를 왜 그렇게 잡아 두었더냐
세상을 따라잡겠다고
아무리 뛰어 봤자 그냥 그 자리
더 멀리, 더 먼 곳으로
벗어날 수 없는 너의 속성
너의 진실이 이제야
닳고 해진 사이로 눈물처럼 돋아 나온다
아직도
부지런한 너의 꿈이 내 삶이더냐

오늘 하루

공방 어디에도
골몰한 시선을 두지 말고
밖으로 가자
이유야 어쨌든 낯선 풍경이 좋을 때가 있지
작은 시골 마을 집 울타리에 핀 꽃들과
공간을 가로지르는
나비들과 잠자리들의
햇살의 정원
파란 하늘 뭉게구름이 털북숭이 강아지로 바뀌고
풀냄새 그윽한 나무 밑에 앉아
새소리를 듣는다면, 우리는
중력을 잃고 우주를 유영하는
별이 될지도 모르지

별을 담은 그릇, 나를 닮은 그리움

검은색 저그와 드립 set

분청사기 그릇들 13×8cm

분청사기론

바랄 것도
질릴 것도
없는
세계

이냥 이렇듯 저냥 저렇듯
도공의 손길이 작품에 배어 있음은
한국의 전통도자기를 당당하게 미래에 제시할 수 있는
유익한 안목의 모던

자연스러움을 좋아한 예 도공의 혼이
우울한 날의 숨은 햇살처럼 삐져나와
나의 공방에 닿다

민트빛 달항아리 17×17cm

조선백자 달 항아리

단순한 선과 빛의 흔적만으로도
삶의 깊이와 예술적 감동을 일으킨다

세련되지 못한 아름다움
고행의 시간을 보낸 것일까

장인의 손길이 세월의 모진 풍랑을 다 겪고도
아무런 욕심 없이 빚어낸
무아의 경지

맑고 투명한 은하수처럼
어둠이 몰려 나가는 신비로움을
나는 정녕 의심치 않으리라

제2회 경기도세계도자비엔날레 국제공모전 입선작

신의 눈리 17×53, 22×41, 18×53cm

별을 담은 그릇, 나를 닮은 그리움

핑크빛 선의 눈리 15×24, 14×29cm

희망

오늘 하루에 곤한 허리가
쉽게 잠을 청하지 못함도
큰 뜻이거니

땀이 되어 흘렸던 눈물은 나의 희망
공방의 낡은 기계 소리처럼
거친 숨소리가
돌아와 누운 밤

울거니 웃거니 하지 않아도
가을 잎의 모가지가
부러질 때면

나는 이미 꽃을 피우고
눈부신 열매를 맺은 후일일 텐데

별을 담은 그릇, 나를 닮은 그리움

그림을 그린다

그림을 그린다 젊었을 때는
검정색과 빨강색을 주로 사용했었다
마흔이 지나면서 주황색과 보라색을 지나
겨우 파란색을 만지기 시작했다
강해지기 위해서 무거웠을
그 두꺼운 색들을 벗고 싶었던 날에도
하얀 종이 위에 번지는
따뜻하고 보드라운 색은
만나지 못했다
마흔 중반이 지나서야 비로소
연두색과 노란색에 인사를 나눈다

DOGONG
작가의 감성이 담긴 수작업 브랜드
도공이야기

도예공방 도공이야기의 톡톡 머그컵

4부

햇살
- 공방에 사랑 스며들다

하얀 도화지 속 색깔들은 다시 태어나고 싶은
환생의 감동을 아직도 고민 중에 있다

수제화문 표현한 차 도구 set

별을 담은 그릇, 나를 닮은 그리움

나를 닮은 그리움

따듯한
차의 향기
맑게
우러나면

내 안에
나는
없고

잃어버린
그럴 수밖에 없었던
지난 세월의 위안과

젖은 풀잎의 향기처럼
잔에 담긴
나를 닮은 그리움

부활 30×42cm

어려운 밤

좌절하지 말자는 괴로운 심사
술을 마시고 취하면
굳은 마음이 녹아내릴까
하나님을 배신하고 싶어
시를 배신하고 싶어
은하수 이슬 뿌리는 새벽녘까지
밤새 끌고 온 희망을
조용한 어둠 속에
다시 묻어 두고 싶어

가시관을 쓰신 예수님 16×62cm

깊고 어두운 밤

깊고 어두운 밤
운석처럼 떨어진 한 줄기 빛을 보았을 뿐
나는 내 죽음을 이렇게 맞이한다
죽음의 분노 내 목숨을 가져가거라
도저히 견딜 수 없었기에 떠도는 영혼으로 살리라

산바람 파도치는 언덕에 새처럼
저 산 넘어 보이지 않는 나라로 마음이 솟구치면
나는 그곳에 지친 내 영혼의 날개를 접고
반드시 진실과 꾸밈없는 생명으로
신비로운 성령으로 나를 다시 낳으리라

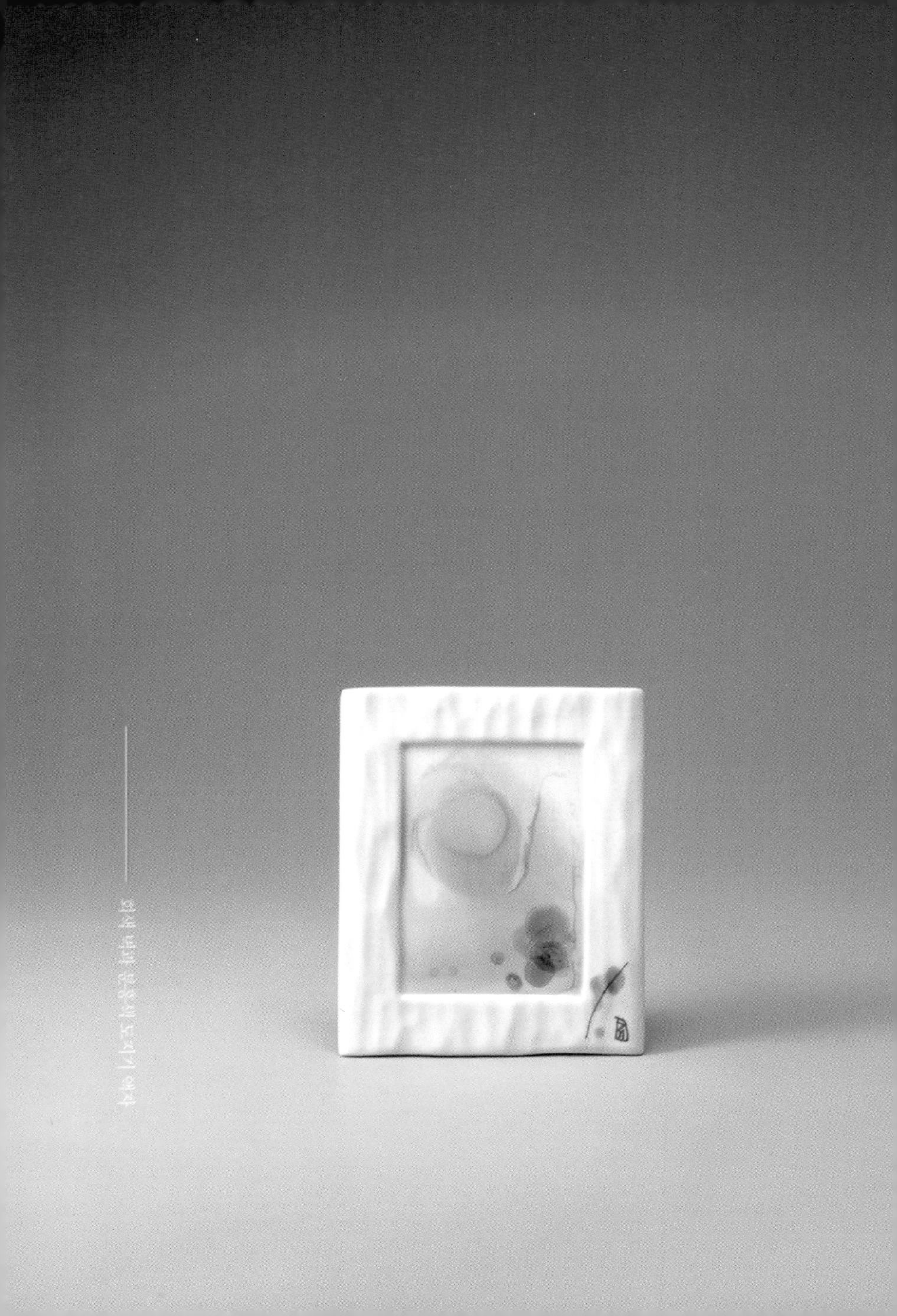

회색 벽과 분홍색 도자기 액자

그림 뒤에 벽이 허-한 것은

그림 뒤에 벽이 허-한 것은
하나의 작품을 벽에 걸기 위해
그림 밖으로
사라진
그림 속에는 남지 못한 색들의 고귀한 여흔이
비할 바 없이 아름다웠던 색들의 장대한 희생이
아주 오래전부터 그 벽에 서려 있기 때문이다

그림을 장식한 액자는
화려하게
자꾸만 그림 밖의 세상을 차단시키지만
그림 뒤에 벽이 허-한 것은
너 하나만큼은 꽃처럼 피어나라고
그림이 될 수 없었던 그림들이
품에 못을 박고
넓은 가슴을 내주었기 때문이다

꽃과 노란색 물결이 그려진 컵

컵

식탁 위에 한 개의 컵이 놓인다
외롭기도 하겠지만, 불안한 것일 수도
그래서 다른 한 개의 컵이 그 옆에 또 놓인다
다정하기도 하겠지만, 고마운 것일 수도
작은 컵 하나에는
표현이나 쓰임이 제한적이기 때문에
각각 서로 다르게 만들어진 컵들이
식탁 위에서 조화를 이룬다면
어울리기도 하겠지만, 정말
행복한 것일 수도

동그란 세모

정성을 다해서 깎아 봤어요
맛이 날는지 모르겠지만, 일단
사과부터 드리고 싶네요
죄송합니다

그래요, 어느 부분은 망가졌어요
조각한 풍선처럼 말도 안 되는 동그란 세모
비가 내리는 맑은 날씨이고요
살아 있는 동안 아무런 일이 없었던 것은 아니었으니까
네모보다는 달리는 지하철로 해야겠어요

오늘도 하얀 스케치북에다가
따뜻한 커피를 빚고 싶어요
일그러진 평면 위에서 휘어져 버린 마음들
고독한 파편들이 낭만이 되어도
결국엔 사랑한 게 죄이지요

별을 담은 그릇, 나를 닮은 그리움

무척이나 열심히 살아왔는데
눈물겹도록 아름다운 고장이라니요?
풀린 나사의 머리를 조여 주는
심하게 마모된 육각형의 멍키스패너
추측하건대 원인은
고양이의 등살일지도 몰라요
여전히 따뜻한 아침 햇살과 함께
얼어붙은 바위를 녹여 내고 있잖아요

가지 끝에 매달린 예쁜 솔방울들을
저의 우주라고 하면 어떨까요?
즐거운 상상이 현실의 일부가 될 수 있는 것처럼
리본을 풀고 선물처럼 포장되어 계시는
저의 하나님을 만나 보고 싶어요

믿기지 않겠지만
꽃이 피고
비행기가 날아다니는 것도
어쩌면 당신에게
꼭 그렇게 보여야만 하는 이유가

있었던 것은 아니었을까요?

행운을 빌어 드릴게요

별을 담은 그릇, 나를 닮은 그리움

직육면체와 구

책상 위에 구슬 같은 그림, 미완성 소묘.

암만 봐도 연인 관계는 아닌 듯하나, 한없이 정지된 육면체 위에서 마냥 구르고만 싶은 참 이상적인 조합임에는 분명한 것 같다.

빛과 그림자 사이에서 목탄은 수없이 부지런히 검은 흔적들을 남긴다. 마치 생활의 달인처럼 그림이 되기 위한….

명암에 따라 선명해지는 따듯한 용기와, 어둠 속으로 감출 수밖에 없는 차가운 지혜들이 진정한 그들의 모습.

얇고 가냘픈 하얀 종이에 그려지는 직선과 곡선의 대조적인 모습들이 깊고 그윽하다.

생겨나는 것은 그렇게 그려지는 일.

소리도 없고 향기도 없는 그림 속에서 살결처럼 부드러운 빛을 받으며 길고 긴 세월의 무게를 버틸 것이다.

직육면체와 구, 다시 보니 식탁 위에 놓인 맛있는 사과 같고, 침대 위에 놓인 포근한 베개 같다.

진열대 위에 놓인 동그란 항아리? 흙을 빚는 도공이라면 그런 그림으로도 연상이 가능하겠지.

인생이여 활활 타올라라! 밤이 되면 곧 사라지리니…. 대지 위에 뜬 태양? 시인의 상상력도 이글거린다.

아무래도 직선보다는 곡선이 그리기가 더 어렵다. 그러므로 더 예쁘다? 그게 사실이라면, 곡선의 섬세함이여! 직선은 얼마나 정의로울까?

누군가가 그랬다, 곡선은 자연의 선이고 직선은 인간의 선이라고. 또 누군가가 그랬다, 우주에서는 도는 것이 정지된 것보다도 더 안정적이라고.

별을 담은 그릇, 나를 닮은 그리움

또다시 보니, 구는 먼 길을 다녀온 스승님 같고, 육면체는 제 몸을 갈기 위해서 이제 막 길을 떠나려고 하는 제자 같기도 하다.

작가의 늙은 계절

말하는 것조차 어눌해져 이런 표정 지어요. 입가에 미소, 따뜻한 눈빛, 그렇게 이해해 주셨으면 좋겠습니다.

기타를 칠 때도, 공을 찰 때도, 이상한 동작들이 생겨나네요. 분명 불필요한 동작인데요. 나이를 먹는 것처럼 낯설답니다.

벽에 걸린 그림들이 이렇게 훈훈했었나요. 음악을 듣는데 왜 눈물이 나올까요. 그리운 사람은 여전히 그립습니다. 파란 하늘에 햇살은 여전히 따뜻합니다.

나를 잡아 주는 계단 손잡이, 언제나 울림이 되어 주는 현관 초인종, 목을 적셔 주는 수도꼭지, 예쁜 색의 머그컵, 깨어 있지 않은 것들에게서도 다정함이 느껴지네요.

당신의 작품이 "인생"이라면, 한평생 일구었던 삶들은 또 얼마나 소중할까요?

 더 이상 나아질 것 같지 않은 내일도 당신이 살아 있다면 충
분합니다.

 정원에 내 손은 무뎌지고 더디어졌지만, 그저 가을의 단풍
처럼 느끼려고요. 흰 눈이 쌓인 날은 또 얼마나 아름다운가요.

햇살 공방에 사랑 스며들다
– 아침 인사

빛의 온전한 사랑을 받으면서도
하얀 도화지 속 색깔들은 다시 태어나고 싶은
환생의 감동을 아직도 고민 중에 있다

정성껏 빚어진 그릇들은 도공의 손을 떠난 후에도
매일같이 식탁 위에서 맛난 음식과 함께
천국 같은 삶을 보내고 있겠지

음악을 틀면,
한 박자의 길이가 너무 길어서 반 박자가 생겨날 것이니
그 미묘한 차이를 즐기리라

적당히 해선 안 될 것들이 결국에는 살아남겠지만,
아이러니하게 그런 존재들이 적당한 선에서
내 삶을 인간답게 유지시켜 준다

망친 작품이라고 생각했는데
더 매력적이라니요
정말 감사합니다,
좋아 보이는 이유가 숨겨져 있을 뿐이라고요?

또 한 작품은,
바르다 못해 완벽하게 비뚤어진 23.5도인데요,
술에 취해서 걸어가시는 아버님의 뒷모습처럼
기분을 좋게 하네요

화분에 핀 꽃들도 감상해 보세요,
다른 별에는 없는 작품이에요
공방에 달이 뜨지 않는다고 해서
작가가 열망하는 세계가 없을 리가 있겠어요?

햇살 공방에 사랑이 스며들어
예술에 인사를 하고 감사의 기도를 하지만
기적은 오늘도 평범한 일상을 보내는 것

별을 담은 그릇, 나를 닮은 그리움

"봄과 그대"라는 작품

    텅 빈 들에서 살랑거리며 다가오는 그대는, 하얀 나비의 날개인가요? 벌의 소리인가요? 창밖에 햇살이 내려앉고 따뜻한 바람이 숨을 몰아오네요.

    봄에 온 그대는, 늙은 도공의 등줄기로부터, 어깨에 손목에, 희미해진 눈동자에도 새롭게 태어나고 싶은 모든 동작들이 되었습니다.

    어제는 코발트블루의 푸른색 그릇들을 만들었으니, 오늘은 노란색 체크 남방을 입어야겠어요. 손풍금처럼 생긴 계단에 앉아서 기타의 선율을 들려드릴게요.

    늘 한결같게 예쁘고 기분을 좋게 만들어 주는 그대가 기어이 오고야 말았으니, 갈색 모자를 벗고 잎 향기가 우러나오는 차테이블에 앉아서 인사를 나눠요.

별을 담은 그릇, 나를 닮은 그리움

"봄과 그대"라는 작품! 참 멋지군요.

세상의 삭막함을 달래 주네요. 누군가의 생각에 맞춰 답을 찾으려 하지 않아요. 스스로의 기운으로 산과 들녘에 물들어 가요. 놓인 자리가 어디가 될지라도 꽃을 피우듯 그렇게 다가와서 행복합니다.

재활 일지

1

눈이 온 날에 기우뚱한 발자국을 따라 그네를 타는 아이의 모습을 본다. 하늘이 가깝도록 얼었던 가슴을 녹여 내는 반신마비 아이의 동작이 수리의 날갯짓보다 용감하다. 쏟아지는 햇살 그 부드러운 품속을 향해 휘파람을 날린다. 하룻밤 지나면 돌아오시겠다던 엄마의 말씀은 희미한 기억 끝에서 눈에 덮인 잎새처럼 사라지고 산새 소리는 불구의 꿈 언저리 같은 비탈을 굴러 그넷줄 길이만큼 흔들린다. 발밑에 그려지는 사선, 앞으로 뒤로 빈 주머니를 채운 조약돌처럼 간지럽다.

2

뇌성마비 지숙이가 휠체어에 앉아 노란 색종이로 종이학을 접고 이었다. 수줍은 얼굴 그대로 비틀어 올린 손가락이 사각의 종이 모서리를 향해 능선을 타고 오른다. 조심스럽게 내딛는 걸음이 꼭 그래야만 하는 것처럼 몇 번을 휘청거렸다. 그럴 때마다 협곡이 생겨나고 자욱한 안개가 앞을 가로막는 것은 황

별을 담은 그릇, 나를 닮은 그리움

홀한 산중의 신비일까. 그것이 내게 줄 크리스마스 선물이라고 날개를 다친 새 한 마리가 그렇게 험한 산속을 날아온 것이다.

3

위급한 아이를 차에 태우고 병원으로 달릴 때는 누군가를 대신한 죄가 아이들 몸에서 병명처럼 삐져나오는 것 같았다. 낯익은 풍경처럼 앞을 다투어 지나간 것은 지난날 내가 함부로 보낸 시간들이었다. 십 분만 더 오 분만 더 아이의 입속에 숨을 불어 넣고 삭정이 같은 몸을 문지르며 경적을 울리는 것을 보면 그렇다.

4

개나리방에는 보모 선생님 없이 열 명의 아이들이 살고 있다. 오늘도 장미방 최 선생님께서 재활원을 떠났다. 민주주의의 복지 제도가 가난한 보육사의 이직률보다 높지 못하여 아직 걷지도 못하는 어린 장애 아이는 또 며칠 동안 절름발이 대근이 혼자서 돌보게 되었다.

5

펑크 난 휠체어를 몇 개 고친 후 아이들과 공놀이를 했다. 스스로 걷지도 못하는 소아마비 어린아이들. 건강한 사람들이 오히려 부끄러운 살빛 진달래처럼 봄을 싣고 놀러 왔다. 이들과 어우러져 뛰노는 웃음이 젖은 땅의 입김을 타고 하늘로 솟아올랐다. 마주 잡은 손에 사랑이 햇살만큼 채워지고, 우리들은 바람보다 더 빠른 동작으로 고기 떼처럼 몰려다녔다. 햇살만큼의 사랑, 어느 누구도 내일을 향해 뛴 것은 아니었으리라. 동그란 공과 휠체어 바퀴처럼 봄 푸른 건반 위에서 경쾌한 리듬의 들꽃이 되었을 뿐, 이제 남겨질 추억도 내일을 위해 기억되지 않으리라. 제 이름자를 모르는 아이들이 더 많았으므로 거칠게 내뿜는 숨소리가 삶의 흔적처럼 번져 나갔다.

6

그리운 시선이 재활원 앞산과 뒷산을 넘지 못해 마당에다 하얀 눈사람을 만들고 서로 웃음 짓는 아이들의 크리스마스 풍경은 그래도 어린 마음에 닿은 따뜻한 겨울 햇살의 숨결처럼 얼마나 고마운 일인가. 정신장애와 고아로 자랐으므로 아이들이 내게 준 크리스마스카드에는 무슨 글자인지(글을 몰랐으므로) 그림인지 도무지 알 수 없는 자기들만의 이야기가 쓰여 있다.

7

김선중이란 장애 아이가 있었다. 처음 담당 선생님 말씀,

선중이는 태어나 얼마 후 발목과 무릎 쪽에 약간의 마비가 왔는데 이 병은 성장기를 거치면서 하반신에서 상반신으로 마비 증세가 점점 더 진행되다가 나중에는 온몸이 마비되어 죽음에 이르는 무서운 병이라고 했다. 결국 선중이는 스무 살이 넘으면서 쓰러졌고 몇 번을 더 쓰러지고 몹시 아파하다가 죽었다. 이전에도 이 병에 걸린 태익이와 보익이란 형제도 스무 살이 넘으면서 병이 악화되어 죽었다. 태익이와 보익이와 선중이는 모두 착한 아이들이었고 책 읽기와 음악 듣기를 좋아했다. 그리고 이들은 누구에게나 항상 분명하고 소중한 것만을 주었다. 그것은 이들만이 줄 수 있는 가식되지 않은 삶과 생명의 가치일 것이다. 천국에서 영원히 행복하리라 믿는다.

크리스마스트리

뒤뜰에 버려져 있거나, 창고 구석에 있었던 집을 짓고 남은 자재들이 별이 된다. 굵고 녹슨 철사 뭉치가 먼저 제 몸을 풀어 별 모양에 맞게 휘어지면, 얇은 철사들이 끊어지지 않을 만큼의 고통을 무릅쓰고 뒤틀리지 않게 조여 준다. 쉽게 변하지 않을 것 같은 탄성들의 휘임, 새로움에 대한 예의처럼 미세한 떨림은 남겠지만, 쓰린 곡선과 직선의 굽이를 지나 별 모양이 된다.

깨진 벽돌 조각과 시멘트, 약간의 모래들도 제 몸들을 섞어서 물에 녹인다. 함께 살아남는 방법을 깨우친 것처럼, 낡은 합판과 각목들이 만든 거푸집에 들어가 아무 소리 말고 굳어져 버리면 별을 세울 만한 받침대가 완성된다. 마지막으로 연장통에 굴러다니는 못과 나사들이 별 표면을 장식하는 영광을 누린다.

앞뜰로 나가기 위한 하찮은 것들의 몸부림, 크리스마스트리다.